Thomas Climacus

Adoleszenz eines Philosophen

„I'm in the corner and I want to dance"

Jamaican Dancehall Reggae Vol.2

ISBN: 9783739240220

Die Deutsche Nationalbibliothek verzeichnet diese Publikation in der Deutschen Nationalbibliografie; detaillierte bibliografische Daten sind im Internet über http://dnb.dnb.de abrufbar.

© 2016 Thomas Climacus
Alle Rechte vorbehalten

1.Auflage

Planung und Satz:
Thomas Climacus

Herstellung und Verlag:
BoD – Books on Demand, Norderstedt
www.bod.de

Inhalt

Berufung   7

Entsagung   15

Ahnung   21

Deutung   32

Berufung

Langsam, Schritt für Schritt, stieg Thomas Climacus die marmorierten Stufen zu seiner Wohnung im vierten Stock empor. Das Treppenhaus war vollständig in Weiß gehalten: die gerauhten Wände, die glänzenden Treppenstufen, die mattschimmernde Decke und die dumpfweißen Wohnungstüren aus Holz. Einzig das kalte und metallische Grau des Geländers verlieh dem Treppenhaus eine ernüchternde Färbung. Nachdem er die Treppenstufen bewältigt hatte, trat er an seine Wohnungstür und öffnete sie. Durch den schmalen Flur hindurch ging er geradewegs auf den großen, hölzernen Schreibtisch zu und hievte die schwere Tasche, die er mit sich trug, auf das hölzerne Plateau. Es war Sonntagabend und er war spät in seiner Studentenwohnung angekommen. Ermattet löschte er das Licht und ließ sich auf das Bett fallen, das gegenüber dem großen Fenster stand. Liegend sah er hinaus in die mit einzelnen Sternen erleuchtete Schwärze der Nacht.

Er dachte daran, dass früher alles besser gewesen sei. Er erschreckte über diesen klischeehaften Ausdruck und wunderte sich über sich selbst. Noch nie war ihm dieser Gedanke gekommen. Er empfand ihn wie eine grausame Verunreinigung seines Geistes, wie einen schmerzenden Fremdkörper in seiner Seele. Und noch grausamer und tiefer stach der Schmerz über diese Verunreinigung und Entfremdung, als er erkannte, dass dieser Gedanke ein

Symbol dessen war, was mit ihm geschehen war in den vergangenen zwei Jahren: Er hatte sich selbst verloren.
Er verschränkte seine Arme hinter dem Kopf und streckte die Beine willenlos von sich auf die Matratze. Er sah starr in Richtung des Fensters, das die klamme Dunkelheit der Nacht in ein schwarzes Viereck gliederte. In seinem Zimmer herrschte völlige Dunkelheit und Ruhe.
Er forschte in seiner schmerzenden Seele nach Erinnerungen an seine frühere Identität. Nach und nach drangen sie an die Oberfläche: Er sah die ursprüngliche Reinheit des Geistes, in der er früher gelebt hatte. Er konnte die gedankliche Individualität spüren, die ihn einst, wie er nun erkannte, wie eine schützende Sphäre umgab. Er sah die ungebrochene Harmonie seiner Selbstwahrnehmung, die nun verloren und zerstört schien. Und er fühlte noch das Urvertrauen in sich, das er früher für die Welt und sich selbst empfunden hatte. Und er sah, wie heute an die Stelle dieses Urvertrauens die Entzweiung getreten war. Wie die Kritik an sich selbst und an der Welt überhand genommen hatte. Kraftraubende künstliche Probleme hatten ihn nach und nach von sich selbst entfremdet.
Dann dachte er an die Zukunft und wie er selbst am Spiel der Welt teilnehmen musste. Er sah, wie er zur Betäubung den Tag durch lange Arbeit hinbrachte. Wie er ohne Individualität im Strom der Masse unterging. Er spürte die Zwänge, die ein solches Leben mit sich bringen musste. Er sah bildlich vor sich, wie er vom Gewöhnlichen und Konventionellen erdrückt wurde. Und er empfand Ekel, grausam quälenden Ekel bei dieser Vorstellung.

Plötzlich stand er auf und ging zum Fenster. Die mondlose Nacht wurde nur durch wenige künstliche Lichtquellen erhellt. Der blasse Schein einer Straßenlampe fiel auf den Rand des Gehwegs. Der Schmutz und der Abgasstaub hatten das Glas der Lampe mit einem Beschlag versehen, durch den das Licht nur noch trübe hindurch scheinen konnte. Auf der Straßenseite gegenüber erhellte eine zuckende Leuchtschrift die Straße und den Gehweg in chaotischen Abständen.
Er legte sich wieder ins Bett und beobachtete die Schatten, die von der Straßenbeleuchtung in das dunkle Zimmer geworfen wurden. Seine Bettdecke vor ihm wurde mit bizarren Schattenspielen bemustert. Der rechteckige Rahmen des Fensters wurde verzerrt als enges Trapez an die Wand geworfen.
Er dachte daran, dass er morgen aufstehen musste, um rechtzeitig im Seminar zu sein. Er spürte bereits die Ermüdung, die durch das monotone Reden des Dozenten entstehen würde. Das Gewöhnliche und Künstliche dessen Gedankenwelt ließen ihn eine tiefe Abneigung verspüren. Das Künstliche und Unechte erschien ihm wie das Wesentliche an allen Lehrenden der Universität. Er sah sie vor sich, wie sie mit großer Geste Fachausdrücke in den Raum warfen, um Eindruck zu schinden und sich selbst zu erhöhen. Und er sah und fühlte den Betrug und die Lüge, die in diesem Verhalten lagen. Er spürte, wie beim Gedanken daran eine mächtige Verzweiflung in seiner Seele aufkam, die im Begriff war, ihn innerlich zu verzehren.

Dann musste er unwillkürlich an seine Beziehung denken. An seine Beziehung, die er wie einen Trümmerhaufen in seiner Seele mit sich schleppte. Er stellte Sie sich bildlich vor Augen und empfand Ekel vor ihren körperlichen Unvollkommenheiten. Er fühlte, wie ungeheuer kraftraubend und zwangbeladen das Aufrechterhalten ihrer Beziehung geworden war. Und er verspürte Abscheu vor der Wollust, die sie beide aneinander gekettet hatte.

Seine Gedanken schienen wie durch einen düsteren Sog hinfort gerissen zu werden. Er fühlte, wie seine unruhige Seele die Entzweiung mit sich selbst verdrängen wollte. Er wollte schlafen. Die Sehnsucht nach Schlaf und Vergessen übermannte ihn. Er wollte schlafen und an einem Ort aufwachen, der ihm Heimat bedeutete. Aufwachen an einem Ort, an dem er zurückkehren konnte zu seinem früheren Ich, zu seiner früheren Identität.

Und so marterte sich seine Seele selbst. Noch lange Stunden quälten ihn seine Gedanken, und mit jeder Stunde quälten sie ihn mehr. Er wälzte sich von der einen auf die andere Seite und versuchte vergeblich, den heilsamen Schlaf zu finden. Schweißausbrüche klebten ihm den Stoff der Bettdecke an die Haut. Hätte er sich im Spiegel sehen können, so hätte er eine bleiche Grimasse gesehen, deren grünleuchtende Augen den Wahnsinn in sich trugen. Er hörte sein Herz schneller schlagen, mit jeder Minute schien es unruhiger zu hämmern. Seine Gedanken erschienen ihm nurmehr wie zuckende Blitze, die seine Seele entzweiten und ihn sinnlos peinigten.

Als die Verzweiflung ihren Zenit erreichte und die Entfremdung von sich selbst am schmerzlichsten empfunden wurde, verfiel seine Seele in einen Zustand völliger Resignation. Sie schien einfach innezuhalten, ohne weitere Willensakte oder zielgerichteter Gedanken. Und als ihn die Ausweglosigkeit der Lage schließlich zur vollkommenen Selbstaufgabe bewegt hatte, da geschah auf einmal etwas Seltsames mit ihm. Aus seiner zerklüfteten, gespaltenen Seele drang unvermittelt ein ruhiges Bild empor. Eine stille und ferne Erinnerung an seine Kindheit. Er war dereinst im Sommer mit einer Gruppe junger Knaben zu einer naheliegenden Hütte gewandert, um dort zu übernachten. Vor Heimweh war er damals noch vor dem Abend zurück nach Hause geflohen, die Gruppe unverrichteter Dinge zurücklassend. An diesen Tag erinnerte er sich nun, da er voller Verzweiflung im Bett lag, an jenen Tag im Sommer und an jene ersten dunklen Stunden. Er sah sich selbst in der Zeit zurückversetzt, sah sich selbst wieder bei seinen Kameraden sitzen, auf einer der Bänke, die um das Feuer herum aufgestellt waren. Es war später Nachmittag, der Abend kündigte sich bereits an. Und er sah sich selbst wieder den knabenhaften Blick auf den nahen, ausdrucksvoll farbigen Wald richten. Er sah ihn deutlich vor sich, wie er in allen Grünfacetten im Licht der Sonne schillerte und seine Bäume ruhig und festverwurzelt vor ihm standen. Ruhiger und ruhiger wurde da seine krampfende Seele. Aus den Tiefen seines gespaltenen Ichs, aus der dunklen, blauen Schlucht seines zertrümmerten Selbstes wurden strahlende Bilder empordrängt, beschreibende Worte und Sätze. In ihm entstand nach und nach ein einheitliches Bild, eine lebendige Vorstellung, ein sprachliches Portrait. Unbegreiflich war ihm alles, doch fühlte er, dass in diesem Bild, in dieser Vorstellung ein tiefgehender Trost lag. Er fühlte, wie das entzweite Ich durch die Worte und Sätze wieder zusammengeführt wurde, wie er durch die Betrachtung des Bildes wieder mit sich selbst vereint wurde. Es war ihm, als hätte er eine Kraft, eine Macht berührt, die ihn schweigend aufnahm und ihm Geleit gab. Und so fügte sich in ihm das Bild beinahe unfreiwillig und willkürlich in seiner Seele zusammen:

Das ruhige Wogen des Waldes, der, von einer Anhöhe dem Tale entgegenblickend, sich deutlich von der blauen Himmelskuppel abhob, klang ein mit dem weihevoll wiegenden Sanftmut seiner vom Chlorophyll hellgrün prunkenden Blätter. Kraftvoll grüßten seine braunen Bäume, die, sowohl durch die sinfonische Ganzheit ihrer äußeren Erscheinung, als auch durch die skeletthaften Verästelungen ihrer inneren Komposition, Teleologischem gedachten. Auf den Blättern der Bäume schwärmten symmetrische Äderchen aus, die von der auf die Blattspitze zutreibenden Hauptader in zwei kongruente Felder gewiesen wurden, teilten sich, vereinigten sich wieder und kerbten endlich den Rand der Blätter aus. In dem grünen Verband der Blättergemeinschaft brach ein einzelnes am Stil ab, löste sich aus ihr heraus und wurde, schwerelos im Takt des Windes tanzend, durch einen starken Aufwind emporge-

hoben. Es flog flatternd hinan in das Freie, der blauen Himmelskuppel entgegen, und drehte sich spielerisch um all seine Achsen. Nach dem ikarusgleichen Aufstieg musste es sich, folgerichtig gravitätischen Gesetzen folgend, dem vorherbestimmten Fall ergeben und trieb durch die lichte Luft der wartenden Mutter Erde entgegen, bis es schließlich, sich zu anderen, einzeln einherliegenden Blättern gesellend, auf der Erde neben den schmalen Beinen eines jungen Knaben liegenblieb.

Am nächsten Morgen, als er sanft von den ersten Strahlen des erwachenden Tages geweckt wurde, blieb er lange versunken im Bett liegen. Er betrachtete die abertausende Staubpartikel, die in den warmen, goldenen Strahlen der Sonne in Erscheinung traten. Schließlich stand er auf, mit übernächtigtem Geist, aber ruhigen Herzens, und ging ans Fenster. Er sah hinaus in das Licht des Morgens, das die Welt in glitzernde, vielbedeutende Gewänder kleidete. Er betrachtete einige weiße Wolken, wie sie gemächlich über den hellblauen Himmel zogen. Als es Zeit wurde, zog er sich an, ging ins Bad und packte seine Tasche. Als er aus seiner Wohnung hinaus ins Treppenhaus trat, wurde er jählings vom leuchtenden Weiß des Treppenhauses geblendet und derart überwältigt, dass er einen Schritt zurück weichen musste. Ein heftiger Adrenalinstoß versetzte sein Herz in schnelle, harte Schläge. Die Gewöhnung seiner Augen an die strahlende Intensität des weißen Raumes vollzog sich nur schleppend und widerstrebend. Nach und nach schlug sein Herz ruhiger und

gleichmäßiger. Als der Moment der Blendung und Überraschung vorüber war, schien es ihm, als ob sich seine Wahrnehmungsfähigkeit über Nacht gesteigert hätte. Als wären seine Sinne sensibler und empfindlicher geworden. Er fühlte sich befreit von altem Ballast, der schwer und drückend auf seinen Sinnen gelegen hatte. Er fühlte, dass diese Steigerung und Erneuerung seiner Sinneswahrnehmung aus der Erneuerung und Befreiung seines Inneren resultierte. Es war eine Neubelebung eingetreten, eine Neubelebung seines totgeglaubten Ichs. Es war eine Rückkehr in eine frühere Identität und zugleich eine Ankunft in einer neuen, noch unbekannten Identität. Die Entzweiung seines Selbstes schien auf einer höheren Ebene aufgehoben und überwunden. Er fühlte sich eingewoben zwischen Vergangenheit und Zukunft und spürte, wie sein Ich in der Gegenwart ruhig dahinströmte.
Langsam stieg er die marmorierten Stufen des weiß durchleuchteten Treppenhauses hinab, Stufe um Stufe, entlang den gerauhten Wänden und den dumpfweißen Wohnungstüren. Er ließ die Hand über das metallische, graue Geländer gleiten und ging, über sich die mattschimmernde Decke wissend, dem Ausgang des Treppenhauses entgegen.

Entsagung

Pompöse Ideen bestaunten seine Seelenverfeinerungen, als Thomas Climacus gesenkten Hauptes dem Herbstwind eines grauverschleierten Novemberhimmels entgegen schritt. Träge bewegten sich seine Beine auf dem porösen Untergrund des Weges. Misslaunig erinnerte er sich des Geschehnisses, das Stunden oder Tage zuvor sich ereignet hatte. Ein pferdehaftes Gesicht hatte begonnen schallend zu lachen, als die Augen eines scheuen Angesichts dem Dozenten eine unwahrscheinliche Ansicht vortrugen.

Der kalte Herbstwind bauschte ihn roh an. Unter dem graubehangenen Himmel war die Gestalt der Wälder kaum mehr klar umrissen wahrzunehmen. Wie Phantome hoben sie sich bisweilen vom Nebel ab, der die Umgebung wie eine einigende Substanz umfing. Frierend und müd ging er den menschenleeren Weg durch das Novembergrau. Er war still geblieben. Er hatte nicht in das Gelächter miteingestimmt. Er saß ruhig da und wartete, bis es verstummt war. Ideen des Guten waren in ihn hineingeströmt, waren versöhnlich durch ihn hindurch geströmt, als diabolische Regungen sich seiner bemächtigen wollten. Das pferdehafte Gesicht mit den vorstehenden Zähnen kam ihm bildlich ins Gedächtnis. Zur Fratze verzerrt portraitierte er es in typischer Pose: eine schwarze glänzende Jacke hing ihm am nach unten gewendeten Oberkörper, das pferdehafte Gesicht grinste nichtssagend nach oben. Ausgehauchter Ekel verband sich mit den Herbstwinden und versank im nahenden Dunkel des Abends. Von der Ferne, aus dem Nebel, drangen krächzende Augurenschreie zu ihm. Der Nebel lag wie seidener Rauch auf dem Angesicht der Welt. In der kahlen Luft lag der Geruch von nassem Holz, den er gleichmäßig einatmete und ausatmete. Messenden Schrittes glitt er durch den Nebel vorwärts. Er stellte den Kragen seines Mantels hoch, so dass der schwarze Filz ihn geschlossen umsäumte. Sein Gesicht tief im Mantelkragen, die Hände in den Taschen bergend fühlte er den Stoff reibend auf der Haut. Angenehm empfand er die klare Kühle der in sich selbst geborgenen Natur. In seinem Inneren bewegten sich verwirrende Empfindungen. Undeutliche Bilder flossen in neue Farben und wechselnde Formen. Er sah den steinernen Altar seines Kelches, umgeistert von Nymphen, die wie Irrlichter den Kelch umkreisen. Rosenblätter fielen geräuschlos zu Füßen des Altars nieder. Demütig geneigte Seraphime tönten schaurige Choräle aus schwarzverzerrten Himmeln. Reifbeladene Äste trieben sich näher zum Altar, rankten sich wollüstig um den Kelch und formten die Gestalt einer Jungfrau. *Der Jungfrau Kuss ist es, den du begehrst.* Begütigend umgab eine Aura der Reinheit ihn, während der Satz aus den Tiefen zu ihm empordrang. Die Silben durchtränkten ihn wie das gleichmäßige Wogen hautfarbener Wellen. All sein Verlangen drang zu diesem Satz hin, all seine glühenden Begehrungen eilten ihm entgegen und strömten sanft in das Auf und Ab der Melodie der Wörter ein. Lebendig durchflutete sein Geist den Satz, bis er, beruhigt und gemäßigt durch den Gleichtakt, sich sehnsuchtsvoll in die Ganzheit des Satzes ergab, sich zur gedankenstillen Schau emporschwang und Formen der Schönheit dunkel erahnte. Vollkommene Einheit erfüllte ihn einen Moment lang, während er auf die wechselnden Graufärbungen des Weges blickte. Lose, farbleere Blätter lagen verstreut auf dem Weg. Vom nahen Wald drang murmelndes Gewisper an seinen Geist. Ihr Bild ließ ihn nicht los. Unwillig fixierte er die verstreut auf dem Weg liegenden Blätter. Phantastischen Bildern harrend, versank er entleert in der Anschauung. Häutungen des ewigen Werdens. Gelbgrünes Entstehen und aschfarbenes Vergehen. Das dynamische Gleichgewicht zwischen Liebe und Hass. Nein. Das waren nicht seine Bilder. Er konnte sich nicht in ihnen auflösen, sich nicht in ihnen verlieren. Eine pompöse, rotglänzende Maske fiel von ihm ab, mit leeren und ausdruckslosen Augenhöhlen. Geräuschlos fiel sie auf den Weg und blieb zurück, zwischen den farbleeren Blättern liegend. Ein aufbegehrendes Ich hatte Besitz von ihm ergreifen wollen. Er war nicht dieses Aufbegehren, nicht in diesem Augenblick. Gaukeleien des glühenden Verlangens, das sich nun selbst ermahnt und zurechtrückend räuspert. Ablassend betrachtete er seine sich vorwärts bewegenden Schuhe. Er schaute auf, es schien kälter geworden zu sein. Ein Nieselregen tauchte die Wiesen wie unter einen dichtgewebten Schleier. Das Grau des Nebels wurde durch die schwarze Rinde der Bäume durchbrochen, die in regelmäßigen Abständen auf dem Feld zu seiner Rechten standen. Aus drängenden Seelenregungen setzten sich nach und nach Erinnerungsbruchstücke zusammen. Die Erinnerung an Sie nahm langsam Gestalt an. Die Bilder, die seine Lebensbilder waren, fügten sich mit den Bildern zusammen, die er für Sie als möglich ansah. Abtastend suchten sie den Schlüssel zueinander, suchten das gemeinsame Lachen und die gemeinsame Trauer, dann, vereinigend, verschmolzen sie zu Bildern möglicher Lebenswirklichkeiten, zu Szenen ihrer möglichen Gemeinschaft. War diese Vorstellung von dem, wie es sein konnte, realistisch? Wie sollten die Vorstellungen von dem, wie die Welt ist oder sein könnte, mit der Welt selbst übereinstimmen? Die Bilder, die sich Menschen von ihr machten, waren undeutliche Abbilder, geboren und gefärbt aus der Perspektive eines Ich. Was sollte er tun? Sollte er dem lastenden Verlangen nachgeben, und den ausgetretenen Fußspuren der Buhler und Werber folgen? Ausgetretenen Fußspuren, die ihn in Gefilde der betörenden Düfte und fleischfarbenen Wollust führten. Ausgetretenen Fußspuren, die in die Arme einer vergänglichen Geborgenheit führten. Entblößte, formvollendete Sirenen sangen neckisch den ewiggleichen Gesang des unschuldigen Verlangens. Ganz ihrem Gesang ergeben folgte er den wankenden Spuren, berauscht vom Wahn des Vergessens, von kindlicher Sehnsucht getrieben. Trugbilder. Einst war auch er diesem Weg gefolgt, mit den erwartungsfrohen Augen eines Kindes. Staunend hatte er sich becircen lassen von fremdartigen Ritualen. Dann hatte ihn unvorbereitet der Schmerz getroffen. Jener Schmerz, dem man nicht entfliehen konnte, und wenn man es dennoch tat, ihn nur vergrößerte. Er fühlte das große Rad des Lebens, das in unaufhaltsamem, blindem Rollen das Leben selbst immerzu aufs Neue erschuf und vernichtete.

Die kalte Abendluft drang ernüchternd in ihn. Er bemerkte einen schalen Geschmack im Mund. Zungenfertig sammelte er den Speichel und spuckte ihn aus. Mit langsamen Schritten folgte er den Windungen des Weges, der wie ein graues, ausgetrocknetes Flussbett durch die Felder und Wiesen führte. Zaghaft strahlten von Ferne einzelne Lichter in die dahinfließenden Nebelschwaden. Schemenhaft traten die Umrisse einiger Gebäude in Erscheinung, die den Rand des Dorfes markierten. Er verlangsamte seinen Schritt, der Ankunft nahe. Stillstehend ließ er die Stimmung der herbstlichen Felder in sich einströmen. Am Himmel, der sich über die Baumwipfel wölbte, zogen weiße und graue Wolkengestalten, die sich ruhig und frei in immer neue Formen wandelten. Im ideenverhangenen Kosmos seiner Seele spiegelte sich die Novemberstimmung wider wie an einer metallenen, unendlichen Oberfläche. Reinigend und klar drang die entsagungsvolle Ganzheit der Natur und ihre harmonisierenden Bestandteile in seine Tiefen. Verlangen entkrampfte sich, farbene Sehnsucht ergraute. Verwirrte Gedanken lösten sich und glitten in klaren Formen durch ihn hindurch. Aus dem Augenblick erkannter Ganzheit entblätterte sich die Idee der reinen Liebe, gebirgsbachklar. Er wollte Sie nicht für sich, er wollte Sie für Sie. Geräuschlos gingen seine Schuhe auf dem Weg voran. Stumm tauchten die Lichter der nahenden Gebäude in die Kälte des Novembertages ein. Müßig und ruhig verfolgten seine Augen die Schatten, die unregelmäßig und gestaltlos auf dem Untergrund des Weges erschienen.

Ahnung

Die Sonne eines Januartages schien durch die Fenster der Universität und belegte die Gänge und Räume mit einem fahlen Licht. In einem abgelegenen Gebäudetrakt saß Thomas Climacus auf einer Holzbank und wartete. Er lehnte sich an ein großflächiges Fenster, durch das die trockene Kälte hereindrang, die draußen die Natur in Frost und Sprödigkeit hüllte. Feine Kälteschauer rannen mitunter über seine Haut, obwohl er die schwarze Filzjacke eng an sich schmiegte und den grauen Wollpullover bis zum Kinn zugezogen hatte. Sich gegenüber sah er die Türen dreier Seminarzimmer. Die Türen wurden durch schulterhoch hängende Holzleisten miteinander verbunden, an denen gelbe Kleiderhaken angebracht waren. Rechts von ihm, in der Verlängerung der Holzbank, führte eine Treppe nach unten, zu den Büros der Dozenten. Hinter der Treppe befand sich ein größerer Hörsaal. Er erinnerte sich, wie er in diesem Hörsaal Anton von Gebernen gehört hatte. Deutlich noch sah er ihn vor sich, den Professor für Literatur, wie er wild gestikulierend dozierte und dabei lebhaft auf und ab ging. Heute würde er nicht in den großen Hörsaal gehen, in dem jetzt einige redselige Studenten saßen, sondern in das daneben liegende kleine Seminarzimmer, das mit dem Hörsaal eine Ecke bildete. Wie jeden Montag um halb fünf würde er dort heute das Lateinseminar besuchen. Unruhig rutschte er auf der harten Bank hin und her, als plötzlich von links ein Lichtschein in den Raum fiel. Dort befand sich einige Meter entfernt eine milchige Glastür, die nach draußen, zur Südseite des Gebäudes führte. Ein Betonpfeiler versperrte ihm die Sicht auf die Tür, so dass er erst nach einigen Augenblicken erkennen konnte, wer sie geöffnet hatte. Eine mollige Studentin mit pickeligem Gesicht, auf dem eine breite Brille saß, kam hinter dem Betonpfeiler hervor, beide Händen an die Riemen ihres Rucksacks geklammert. Sie schaute kurz zu ihm, dem Sitzenden, herab, eine wichtige Miene behauptend, bevor sie an ihm vorbei zu dem großen Hörsaal ging. Die milchige Glastür fiel ins Schloss zurück, wobei der Lichtschein ebenso unvermittelt aus dem Raum entschwand wie er gekommen war. Er schaute auf die Uhr: es waren noch gut vier Minuten bis zum Seminarbeginn. Er schaute in Richtung der Glastür und zum Ende des Ganges hin, der links von ihm im rechten Winkel tiefer in die Universität führte. Er wartete auf Georg Rumfeld, einen Kommilitonen, der ebenfalls an dem Seminar teilnahm. Neben Rumfeld war es nur noch Markus Hochstätt, der zu den Teilnehmern des kleinen Seminars zählte. Außerdem nahm gelegentlich Richard Meier am Seminar teil, ein stets altmodisch gekleideter Kommilitone, der seit Jahren versuchte, sich das kleine Latinum zu erwerben. Er nahm an ihrem Kurs zum großen Latinum teil, um sich auf die Prüfung zum kleinen vorzubereiten. Die harte Holzbank beschied ihm zunehmend einen betäubenden Schmerz. Um dem Schmerz zu entgehen, setzte er sich aufrechter gegen die kalte Glasscheibe in seinem Rücken. Da bog unversehens Markus

Hochstätt um die Ecke, links aus dem Gang kommend. Er schlenderte daher, in der linken eine dunkelbraune Ledertasche, die rechte lässig in die Hosentasche gesteckt. Er trug schwarze Schuhe, eine blaue Jeans und eine schwarze glänzende Jacke, die von den Schultern an über seine Gestalt hinab fiel. Schwarze Haare lagen kraus auf seinem Kopf und in dem pferdehaften Gesicht zeigten sich, wenn er sprach, vorstehende gespreizte Zähne.
„Hallo, Herr Hochstätt", sagte er, die Augen von Hochstätt abwendend, in den Raum hinein.
„Hallo", erwiderte Hochstätt knapp, ließ seine Augen für Momente unruhig umherschweifen und setzte sich dann, zwei Meter entfernt, neben ihn auf die Holzbank. Climacus schaute geradeaus, zu den Seminartüren und den Holzleisten mit den gelben Kleiderhaken. Die Haken streckten sich starr und leblos in den Raum hinein und keiner von ihnen war, wie ihm auffiel, mit einer Jacke oder einem anderen Kleidungsstück behangen. Aus den Augenwinkeln bemerkte er, dass Hochstätt eine Zigarette anzündete. Das mechanische Ratschen eines Feuerzeugs hallte in den Raum. Er drehte sich zu Hochstätt hin.
„Und du gehst jetzt nach Berlin?", fragte er ihn. Hochstätt saß da, genüsslich rauchend, und führte dann die Zigarette in einem weiten Bogen vom Mund weg.
„Ja", erwiderte er und ließ dabei die gespreizten Zähne aufblitzen.
„Braucht man da nicht irgendwelche Scheine?", befragte er Hochstätt. Dieser brach jählings, als er die Frage gehört, in ein gehässiges Lachen aus, wobei er die Zähne

blank und gespreizt zur Schau stellte. Das pferdehafte Gesicht glotzte ihn an und sagte:

„Was für `Scheine` denn? Was für `Scheine` soll man denn da brauchen?"

Missmutig drehte sich Climacus von Hochstätt weg und sah erneut zur Wand gegenüber.

„Na vielleicht irgendwelche Empfehlungsschreiben oder Bescheinigungen von Dozenten", sagte er schließlich.

„Ach so…nein…das braucht man nicht", sagte dieser, beugte den Kopf nach vorn und schaute zu seinen Schuhen hinab. Stille kehrte ein. Erneut schaute Climacus auf die Uhr. In drei Minuten würde das Seminar beginnen. Er hörte, wie die milchige Glastür energisch aufgestoßen wurde. Hinter dem Betonpfeiler erschien Georg Rumfeld, umspielt von den Sonnenstrahlen des untergehenden Tages, die mit ihm durch die Tür kamen. Auf seinem kurzen, aber kompakten Körper saß ein kahles Haupt, auf dem sich eine Handvoll Haare der runden Kopfform anglichen. Er trug schwarze Schuhe, eine graue Jeans, und eine blaue, voluminöse Winterjacke, über deren linker Schulter ein Rucksack hing. Er kam näher und sah die Sitzenden mit geschäftigen Augen an. Er sah suchend um sich, sah zur Wand mit den Holzleisten, wo zwei Stühle verlassen vor dem Seminarraum standen, ging hinüber, erfasste einen und trug ihn zu den Sitzenden, wo er ihn unsanft neben Thomas Climacus auf den Boden stellte. Nachlässig ließ er seinen Rucksack neben die Stuhlbeine fallen, bevor er sich auf dem Stuhl niederließ.

„So! Erst mal ´schön´ noch eine rauchen", sagte Rumfeld, während er aus der Hosentasche einen Tabakbeutel entnahm und begann, eine Zigarette zu drehen.

„Aber wie viel Uhr ist es denn?", merkte er auf, als er gerade die Blättchen aus dem Tabakbeutel zog. In Aufruhr versetzt heftete er die Augen auf seine Armbanduhr. Dann entspannte sich sein Gesichtsausdruck und stellte wieder den vorigen gelösten Zustand vor. „Ha jaaa", konstatierte er fröhlich, das ´a´ dehnend, und vollzog dabei eine Geste der Verachtung. „Noch drei Minuten?! Das langt ja ewig!" Und er wandte sich wieder dem Tabak und den Blättchen zu, die sich alsbald in Umgestaltung befanden. Gerade als Climacus dem Ankömmling ein Wort zuwerfen wollte, bemerkte er überrascht, dass auch Richard Meier zu der Gruppe gestoßen war. Seine schmächtige Erscheinung war von einer ungewöhnlichen Garderobe: eine schwarze Stoffhose fiel über seine Beine hinunter und streifte die gepflegten braunen Schuhe. Eine schwarze Weste mit Silberknöpfen verbarg den Großteil seines weißen Hemdes, dessen Ärmel verknittert über den dünnen Armen lag. Aus einer Westentasche hing eine silberne Kette heraus, an deren Ende eine Taschenuhr befestigt war. Um seinen Mund spielte ein sonderbar spöttisches Lächeln, mit dem er die Anwesenden wortlos zu begrüßen schien. Er hatte seine Hände in der Weise in die Taschen der Stoffhose gesteckt, dass die Daumen außen vor blieben.

„Oh Mann! Gestern bis um halb vier nachts diese Sätze übersetzt!", beklagte sich Georg Rumfeld. Inzwischen hatte er die Arbeit an der Zigarette beendet und zündete sie mit einem tabakbehafteten Feuerzeug an.

„Und dabei hab ich bestimmt wieder wahnsinnig viele Fehler drin", setzte er nach. Dann erhellte sich sein Gesicht. Mit Schalkhaftigkeit wendete er sich Thomas Climacus zu.

„Aber wir haben hier ja unseren ´primus inter paros´, oder wie das heißt, er wird's schon richten." Er warf sich in den Stuhl zurück und lachte zufrieden über seine Worte.

„´primus inter *pares*´", erwiderte Climacus und schaute zu Rumfeld, der es sich auf seinem Stuhl gemütlich machte.

Schweigen senkte sich über die Gruppe. Lediglich aus dem großen Hörsaal am Ende des Raumes erahnte man das Reden der wartenden Studenten. Er schaute auf die Uhr. Das Seminar stand unmittelbar bevor.

Ein schwacher Lichtschimmer fiel erneut von links in den Raum, begleitet vom Geräusch einer aufschwingenden Tür. Kaum hatte sich der Lichtschimmer über den Boden ausgebreitet, rauschte Anton von Gebernen hinter dem Betonpfeiler hervor. Er kam mit schnellen Schritten näher, gekleidet in ein schwarzes Jackett und in eine schwarz und grau karierte Stoffhose. Aus seiner schwarzen Weste hing die Kette seiner silbernen Taschenuhr heraus, die er bei seinen Seminaren des Öfteren zu befragen pflegte. Er hatte die Arme auf dem Rücken verschränkt, während der Oberkörper nach vorn gebeugt war. Eine feingeschliffene Brille lag auf seinem Nasenrücken, über deren oberen Rand er gewöhnlich mit suchenden Augen hinwegblickte. Heute allerdings vermisste man die suchenden Augen. Auch die Lebhaftigkeit seiner Gesichtszüge war ihm genommen. Auf seinem Gesicht lag eine erstarrte Miene, die mit erlahmten Augen auf den Boden blickte. Während er auf die Treppe zusteuerte, die ihn nach unten zu seinem Büro führte, sah er plötzlich vom Boden auf und betrachtete ein Objekt, das ihn zu interessieren schien. Für Momente betrachtete er mit hochgezogenen Augenbrauen die ungewöhnliche Erscheinung Richard Meiers, der seine Taschenuhr aus der Weste hervorgezogen hatte und sie aufgeklappt in den Händen hielt. Da geschah das Mysteriöse: ein tiefklarer Blick ging auf einmal wie ein glänzender Strahl von den alten Augen des Dozenten aus und setzte sich an der Taschenuhr Richard Meiers fest. Der tiefklare Blick schien durch den Strahl mit der Uhr zu verschmelzen und eine Einheit zu bilden. Für Momente, in denen die Zeit stillzustehen schien, konnte Climacus diese Einheit fühlen, in denen der Strahl die Verbindung zwischen den Augen des Alten und der Taschenuhr aufrechterhielt. Er spürte, wie durch den Strahl eine mysteriöse Substanz, ein unklares Etwas ausgetauscht wurde. Er sah, wie in den Augen des Vorübereilenden eine jugendliche Lebhaftigkeit hervorgerufen wurde. Die erlahmten Augen klarten auf und sahen sich in spielerische Leichtigkeit versetzt. Es war, als würde durch den Strahl eine seelische Verjüngung und Wiederbelebung des Alten eintreten. Dann wandte der Alte den Blick von der Taschenuhr und von Richard Meier ab und steuerte zur Treppe. Der Strahl und die Verbindung verschwanden. Die Einheit verging.

Fassungslos beobachtete Climacus, wie der Professor treppenabwärts entschwand. In Nachahmung begriffen fixiere er die Taschenuhr in den Händen Richard Meiers, der mit seiner seltsam höhnischen Miene die aufgeklappte Uhr betrachtete. Benommen spürte er die durchdringende Klarheit dieser eben erlebten Verbindung und Einheit in sich nachbeben. Dunkle Ahnungen packten seine Seele und durchfluteten seinen Körper mit wohligen Schauern. Dann schien das Bild Richard Meiers vor ihm zu erstarren. Es löste sich von der gegenständlichen Welt ab und ließ sich in einer Welt der Idealität nieder. Die Farben des Bildes wurden von einem unwirklichen Licht durchzogen, während es erfüllt war von Vollkommenheit und Ganzheit der Formen. Unbewusst spürte er die Vertrautheit des Bildes. Er fühlte und erkannte seinen unsagbaren Sinn. Dann erlosch das Licht. Die Farben verloren sich in gewöhnlicher Fahlheit. Die Vollkommenheit der Formen riss auf und zerfiel. Er sah, wie Richard Meier die Taschenuhr in der Westentasche verstaute und den Lateindozenten begrüßte, der eben die Treppe heraufstieg. Ein Ziegenbärtchen spitzte das Kinn des Dozenten, der gelassen die Stufen bewältigte. Freundlich grüßte er Richard Meier, die kurzgeschnittenen Haare steif auf dem Kopf. Markus Hochstätt erhob sich von der Holzbank und gesellte sich zu dem Pärchen. Sein Gesicht erschien zwischen Richard Meier und dem Lateindozenten, der sich mit zwei Fingern an seinem Ziegenbärtchen kraulte. Das pferdehafte Gesicht Hochstätts sprach mit überzeugter Miene und lachte beteuernd in die Runde. Georg Rumfeld trottete ebenfalls zur Gruppe, während er Climacus mit fragenden Blicken bedachte. Im Aschenbecher verglimmte der Stummel von Rumfelds gedrehter Zigarette. Ein Bindfaden Rauch zog sich von der absterbenden Glut in die Höhe und verwandelte sich in Wellen von spinnwebenfeinen Spiralen. Die Spiralen drehten sich in alle Richtungen, streckten und stauchten sich, bis sich ihre Spiralform auflöste und in ein formloses Muster überging, das feiner und dünner wurde und sich schließlich in der Raumluft verflüchtigte. Die Gruppe wechselte nur noch zaghaft Reden. Der Dozent, nach Betrachtung seiner Uhr, sah zum Boden hinab. Die Mundwinkel aller waren erschöpft, begrüßende Worte genug gewechselt. Der Dozent beendete das Gespräch und, nachdem er Thomas Climacus einen Seitenblick zugeworfen hatte, lenkte die Gruppe zum kleinen Seminarzimmer in der Ecke. Climacus sah zur gegenüberliegenden Wand. Die gelben Kleiderhaken lagen schemenhaft im Halbdunkel. Ihre feste Gestalt schien sich zu verändern und zu zerfließen. Sie wurden scheinbar lebendig und verteilten sich ungleicher auf den Holzleisten. Wie in gelben Efeu verwandelt begannen die Kleiderhaken sich um die Holzleisten zu winden. Die gelben Blätter trieben ihre Äste um die Leiste, bis sie vollständig vom Efeu umschlossen und verdeckt wurde. Dann verfiel der Efeu, bildete sich zurück. Die Blätter verloren ihre Lebendigkeit und die Holzleiste kam wieder zum Vorschein. Die Kleiderhaken ragten wie zuvor nackt und leblos in den Raum hinein. Er hörte, wie Hochstätt mit Rumfeld sprach, während sie zum Seminarraum gingen. Der kahle Kopf Rumfelds schaute mit nervösen Augen zu Climacus zurück, gepresste Lippen andeutend. Vom nervösen Blick Rumfelds aufgeschreckt, erhob sich Climacus entschlossen von der Holzbank. Erlöst fühlte er den betäubenden Schmerz verrinnen. Er fand seine Tasche am Boden neben der Holzbank liegen. Er nahm die Tasche und ging dem Seminarzimmer entgegen. Am Treppengeländer hielt er inne. Er legte seine rechte Hand auf das Geländer und schaute die Treppe hinab. Auf den Treppenstufen schien feiner Staub aufgewirbelt worden zu sein. Eine Unzahl winziger Partikel schwebte in der Luft über der Treppe. Allmählich sanken sie hinab und wurden, wenn sie den kalten Stein der Stufen berührten, in einem unheimlichen Frost aufgelöst, der machtvoll durch die Stufen zu strömen schien. Er hörte Stimmen, kurz angebunden, die vor der Seminartür miteinander sprachen. Hochstätt ging ins Seminarzimmer, die Ledertasche mit dem Arm hervorschwingend. Rumfeld folgte ihm nach. Climacus löste die Hand vom Geländer und bewegte sich zur Seminartür. Rechts von der Tür konnte er in den großen Hörsaal blicken. Vollbesetzte Bänke mit Studenten reihten sich aneinander. In den vorderen Reihen, in der Nähe des Dozentenpultes, konnte er die mollige, pickelige Studentin mit der breiten Brille ausmachen. Ernst schaute sie nach vorn zum unbesetzten Dozentenpult. Die Gespräche um sie herum schienen sie zu stören. Sie warf ihren Mitstudenten missbilligende

Seitenblicke zu. Vor ihr auf dem Tisch lag ein kleiner Stapel Bücher, über den ihre Unterarme, die Ellbogen auf den Tisch gestützt, wie ein Zelt gespannt waren. Ihre Hände waren ineinandergeschoben zu einer großen, knochigen Faust, die wachsam und drohend über den sorgfältig gestapelten Büchern schwebte. Am Seminarzimmer angekommen ging er durch den Türrahmen. Bemerkend, wie Blicke auf ihn fielen, drückte er die kalte Klinke nach unten und schloss die Tür hinter sich. Rumfeld saß neben Hochstätt in der ersten Reihe. Er drehte den kahlen Kopf kurz zu ihm, dann zum Dozenten vor ihm, der ihn angesprochen hatte. Rechts von den beiden, mit dem Rücken gegen die Fenster, saß Richard Meier, der dem Gespräch abwesend zu folgen schien. An der Weste Richard Meiers entlang, an der die Taschenuhrkette silbern glänzte, sah Climacus zu den Fenstern hinüber, ins Freie. Die Sonne warf letzte Spuren ihrer wärmenden Strahlen durch die Fenster. Ihr Umriss lag hell und strahlend hinter der dichten Masse des grauen Januarhimmels. Sie ruhte bewegungslos in sich selbst, während das unstete Grün der Wälder und das treibende Grauweiß des Himmels in dauerndem Wechsel begriffen schienen. Wie ein idealer, vollkommener Kreis ragte sie aus den veränderlichen Erscheinungen der Welt hervor und schien in Zeitlosigkeit zu verharren. Leuchtend stand das Gestirn über den Wäldern und tauchte das Seminarzimmer in den schimmernden Glanz der Ewigkeit.

Deutung

Robert Bergmann stand auf einem der breiten Kieswege des Friedhofs und spähte – beiläufig, wie es schien – die Gegend aus. Seine Augen huschten die Wege entlang. Dann brach Milde über sein fleischiges Gesicht. Aus den Taschen seines schwarzen Kordjacketts, das straff um die bulligen Schultern spannte, kramte er ein silbernes Zigarettenetui hervor. Als er den Deckel mit sichtlicher Vorfreude aufklappte, spiegelte sich die Sonne auf dem umherwiegenden Silber in seiner Hand wider. Er schob das Etui in die Tasche zurück und ließ die Augen erneut schweifen. Dann zündete er die Selbstgedrehte an, die er dem Etui entnommen hatte. Er stellte sich in lockerer Pose auf den Kies, die Beine bequem gekreuzt, und blies den Rauch in den azurnen Sonntagshimmel. Die Krempe seines schwarzen Kalabresers warf einen Schatten über seine olivgrünen Augen und schied das Gesicht, das zwischen dem roten Backenbart genüsslich rauchte, in zwei Hälften.

„Verdammt gute Idee übrigens, alter Schwede, hier auf den Friedhof zu gehen", sagte er, „auf dem Felde der Toten dem Leben huldigen! Eine gute Gelegenheit, die Lyra zu stimmen, findest du nicht? All diese fantastischen Motive hier!" Er hob die Arme wie zum Empfang, in Begeisterung umherblickend. Genussvoll nahm er einen Zug und stellte sich seitlich. Über seine wulstigen Lippen schien ein Grinsen zu ziehen, zweideutig und voller Heimtücke.

„Aber du bist ja in Gedanken noch ganz woanders, wa? He, He, He, He, He. " Er fuhr herum, satanisch lachend, während aus den olivgrünen Augen Hohn und Spott funkelten. Dann nahm er erneut einen Zug, legte das feiste Haupt in den Nacken und blies den Rauch in die Höhe. Thomas Climacus, an den Stamm einer stattlichen Kastanie gelehnt, sah, wie Bergmann näher kam und aus der Sonne, die auf den Kiesweg niederging, in den Schatten der Kastanie trat. Durch den Blätterwald der Kastanie perlte das Sonnenlicht herab und kleidete die mächtige Gestalt Bergmanns in ein Gewand aus tanzenden Flittern Licht und Schatten. Mit seiner Pranke bot er ihm die Gedrehte an, übersprenkelt vom Flittertanz, der wie ein tonloser Lichtregen auf ihn niederprasselte. Im Schattenspiel des Lichts flackerten seine Augen wie grünes Feuer unter der schwarzen Hutkrempe hervor. Thomas Climacus nahm das Kraut in Empfang.

„Bin gleich wieder zurück!", sagte Bergmann und trollte, einen roten Stiernacken zeigend, aus dem Schatten in die Sonne zurück. Unter geschmeidigem Wippen des Kalabresers wanderte er auf dem Kiesweg in Richtung der Steinmauer, die den Friedhof vollständig umgab. Dort angekommen verschwand er zwischen Sträuchern und Bäumen. Climacus drückte sich mit der Schulter vom Baumstamm ab und schlenderte über die trockene braune Erde im Schatten der Kastanie. In langsamem Rauchen begriffen betrachtete er das tonlose Flitterspiel auf dem

Boden: in unablässigem Wechsel sprenkelten Licht und Schatten die trockene Erde zu Füßen der aufragenden Kastanie. Wie eine Oszillation zweier Prinzipien, die sich anzogen, aber nie erreichten, und sich abstießen, aber nie einander entfliehen konnten. Durch das chaotische, tonlose Oszillieren brandete plötzlich das Läuten der Kirchglocke, helltönend und scheppernd. Wie eine mahnende Stimme schien sie ihn aus der selbstvergessenen Versenkung zurückzurufen, in der er sich befand, und kündigte in hellen Schlägen den bevorstehenden Sonntagsgottesdienst an. An einem tiefer hängenden Ast vorbei, dessen Blätter die Kirchturmspitze verdeckten, konnte er die eherne Glocke hin und her pendeln sehen. Ihre Schläge hallten vom weißen Kirchturm in die Alleen des Friedhofs hinein und verloren sich in der offenen Ferne des Sommermorgens. Vom Läuten aufgekratzt setzte er sich auf die Erde an den Stamm der Kastanie und rauchte. Aus der Nische an der Steinmauer, in der Bergmann verschwunden war, drang kein Laut, kein Geräusch, kein Rascheln der Blätter. Wie ein Meister des Verstecks schien er sich in Luft aufgelöst zu haben. Vom anderen Ende des Friedhofs, wo die Kirche aufragte, driftete ein metallisches Quietschen durch die Luft, langgedehnt, als öffne jemand mit Bedacht das Friedhofstor. Climacus sah, wie Julius Schneider, nachdem er eingetreten war, sorgsam das eherne Tor wieder ins Schloss schob. Seine hagere Gestalt kam aufrechten Ganges näher. Geruhsam ging er in der Mitte des Kiesweges durch die Allee, gesäumt von den hohen Kastanien, die an dem Weg zu beiden Seiten aufragten. Unter seinen Schritten knirschte der Kies wie unter einem strengen Taktgeber in Gleichmaß und Regelmäßigkeit. Während er näherkam, zupfte er sein weißes Hemd zu Recht und glitt mit einem Finger an dem Kragen des Hemdes entlang, ganz so, als wolle er sich Luft verschaffen. Eine khakibraune Hose reichte ihm bis zu den Knien und offenbarte seine sehnigen Unterschenkel. Bei jedem Schritt spiegelte sich die Sonne an den Gläsern einer in Gold gefassten Sonnenbrille wider, die auf seinen kurzen schwarzen Haaren thronte wie ein Siegespreis. Als er anlangte, konnte man sein ebenmäßiges Gesicht mit den blauen Augen sehen, die stechend die Gegend auszuforschen schienen.

„So, Hallo. Ihr seid ja richtig pünktlich", sagte er mit krächzender Stimme, und blieb auf dem Kiesweg in der Sonne stehen.

„So, So. Am frühen Morgen schon dieses Zeug rauchen. Und auch noch auf dem Friedhof. Das war bestimmt die Idee unseres *Künstlers*, oder? Wo ist er eigentlich?" Seine blauen Augen durchforsteten den Friedhof, durchdringend und scharf. Während er den Kopf suchend nach allen Seiten wendete, zeigte sich unterhalb seines rechten Mundwinkels eine kleine Narbe, grau und wolkenförmig, die mit seinen ebenmäßigen Gesichtszügen in Missklang stand.

„Wollte er sich mal unsere schöne Heimat anschauen, oder wieso ist er mitgekommen, dein *Busenfreund*?", sagte er geringschätzig.

„Ich glaube eher", erwiderte Climacus nach einem Moment, „er wollte nur *irgendwohin*."

„Ist wohl spät geworden gestern, du siehst noch nicht so lebendig aus."

„Es geht. Meinen *Busenfreund* hat es ärger erwischt. Bist du mit deinen Eltern gekommen?"

„Ähh…ja", sagte er aufgestört, „sie müssen schon in der Kirche sein." Sein blasses Gesicht wandte sich zum Friedhofseingang, als sollte er sie dort vorfinden.

„Wenn du das jetzt rauchst, kannst du nachher nicht mehr fahren", stellte er fest, „beziehungsweise können vielleicht schon, nur nicht dürfen", ergänzte er. Wieder forschten seine Augen den Friedhof aus, beunruhigter als zuvor.

„Dahinten ist er ja", bemerkte er, als er Robert Bergmann in der Entfernung gewahr wurde, und begann dabei, sich über seine Haare hinter dem linken Ohr zu streichen. Es schien, als müsste er sich dadurch seines eigenen Daseins vergewissern.

„Wer fährt denn eigentlich nachher? Oder gehen wir nicht mehr zu dieser Vernissage, von der du mir gestern erzählt hast?"

„Ho, Ho, Hooo!". Aus der Entfernung polterte eine sonore Stimme über sie. Robert Bergmann eilte mit schaukelndem Kalabreser auf sie zu, voller Vorfreude grinsend. Er hielt eine Pranke zum Gruß in der Höhe, die in der Luft wirbelte und drehte. Unter seinen ungestümen Schritten spritzte der Kies in alle Richtungen.

„Ahoi, Hauke!", rief er dem Neuankömmling zu, überfröhlich, und brach darüber in ein derart nasalisches Lachen aus, als stieße er die Laute durch seine gehöckerte Nase aus. Als er bis auf wenige Schritte herangepreschst war, hielt er mit einem Ruck inne. Die Fröhlichkeit im Gesicht unter der Hutkrempe wich einem Ausdruck starrenden Wahnsinns. Er duckte sich.

„Aber...", dehnte er, und richtete aus der Ducke einen geröteten Zeigefinger auf Julius Schneider, verblüfft, als begegne er höchst Unerwartetem.

„Wo ist die Kugel?", befragte er tiefsinnigen Tones den Ankömmling, halblaut nur, und verharrte in der Ducke. Unter seinen roten Augenbüscheln waren die grünen Augen in größter Verwunderung aufgerissen. Sein schwarzes Kordjackett war durch die geduckte Haltung zum Zerreißen gespannt.

„Was für eine Kugel?", krächzte Julius Schneider erstaunt. War er bisher auf derselben Stelle des Weges stillgestanden, wurde er nun unruhiger, fahriger in seinen Bewegungen.

„He, He, He, He, He." Bergmann lachte hämisch aus der Ducke. Sich aus der Erstarrung lösend ging er in die aufrechte Haltung über. Auf seinen wulstigen Lippen erschien ein süffisantes Grinsen. Er verließ den Kiesweg und steuerte, paradierend gleichsam, in den Schatten zu Thomas Climacus. Als er den Kastanienschatten betrat, perlten über ihn erneut die Lichtflitter des Blätterwaldes. Er schien in ein halbwirkliches Schattenspiel entfremdet, übersät von tanzenden Sprenkeln Licht und Schatten.

„Haste mir noch was übriggelassen, alter Schwede?". Herabgebeugt klopfte er dem Sitzenden auf die Schulter, während sein backenbärtiges Gesicht mit einem Nicken auf das rauchende Kraut deutete. Climacus empfand bedrückend die Nähe des Freundes und gab ihm, was er verlangte. Bergmann verließ den Schatten der Kastanie, den Empfang grunzend bestätigend, und platzierte sich in ungezwungener Pose auf dem Kiesweg. Er scharrte mit der freien linken Hand durch den Hut an seinen Haaren und widmete sich ausgiebig dem Rauchen. Ein feiner Schweißfilm überfirnisste seine Stirn, der auf der geröteten, unreinen Haut zu glänzen begann. Nach einigen Zügen wendete er sich wieder Julius Schneider zu, welcher ihn abwartend mit den Augen verfolgte, die Arme vor dem weißen Hemd verschränkt.

„Ich vermisse an dir....", tadelte Bergmann mit hochgehenden Augenbrauen, das Haupt würdevoll in den Nacken legend, „das Symbol deines Philosophentums!" Sein Haupt schnellte wie zupackend vor und heftete die olivgrünen Augen auf Julius Schneider, wobei er eine tiefgründige Miene aufsetzte. Dann wandte er sich von Schneider ab, unbeteiligt scheinbar, und tickte sorgsam die Asche von der Gedrehten, während er wie aus Scham zu Boden blickte.

„Wieso Philosophentum?", erwiderte Schneider, „Ich studier' Mathematik." Hinter ihm strich eine Windbö durch die Krone einer Kastanie und ließ die Blätter leise rascheln. Er stand unbewegt auf dem Weg, die Arme verschränkt.

„Welches Symbol? Und was für eine Kugel? Was meinst du damit?", fragte er, in der Sonne blinzelnd, im Ton einer gereizten Sachlichkeit. Er sah zu Bergmann und wartete auf eine Antwort. Die graue Narbe unter seinem Mundwinkel stach aus den ebenmäßigen Gesichtszügen hervor wie ein Tintenfleck aus einer gewissenhaft gearbeiteten Zeichnung.

„Er meint die Kugel des Aristoteles." Thomas Climacus vermittelte.

„Aristoteles soll bei Müdigkeit eine schwere goldene Kugel in der Hand gehalten haben, damit er, wenn er einschlief und sie ihm aus der Hand fiel, aufwachte und weiterphilosophieren konnte."

„Na schön und gut. Und was hat das Ganze mit mir zu tun?"

„Als Mathematiker zählt er dich wohl auch zu den Philosophen."

„Ach so." Schneider blickte erleichtert zu Bergmann, der ihm auf dem Kiesweg in der Sonne gegenüber stand. Auf Schneiders goldgerahmter Sonnenbrille blitzte das heißer werdende Sonnenlicht.

„Alle Philosophen sind vielleicht in einem gewissen Sinn Mathematiker", sagte er, und löste seine Arme aus der Verschränkung, „aber deswegen sind nicht alle Mathematiker auch Philosophen". Die türkisblauen Augen blickten kalt auf ihr Gegenüber. Robert Bergmann lugte überrascht unter der Hutkrempe hervor, geröteten und schwitzenden Angesichts. Für einen Moment zog eine fragende Unschlüssigkeit über seine Augen. Dann stimmte er unvermittelt ein blödsinniges Grinsen an, das Gesicht zur Grimasse verzerrt. Er senkte die Augenlider zur Hälfte, so dass er wie ein Schwachsinniger aussah, der vor Dumpfheit selig lächelt. Dann begann er, Fratzen schneidend, mit den Füßen auf den Boden zu stampfen, gehockt, und sich im Kreis zu drehen. Das Tempo nahm zu, er stampfte und stapfte unrhythmisch um die eigene Achse. Dabei streckte er mit der einen Hand die Selbstgedrehte wie ein Götzensymbol vor sich in die Höhe, der Sonne entgegen, während er mit der anderen den Kalabreser festhielt, der von dem umherschwankenden Kopf herunter zu fallen drohte.

„Uh, Uh, Uh – Ullu, Ullu, Ullu – Uh, Uh, Uh – Alla, Alla, Alla", intonierte er, im Wahn im Kreise tanzend, wechselte die Richtung und schien sich wie in dionysischer Verzückung selbst zu verlieren. Er wirbelte umher und huldigte mit entrückter Miene dem Kraut in seiner Hand, gleichsam archaische Urlaute ausstoßend.

„Uh!", rief er plötzlich und hielt inne, den Tanz beendend, wobei er die Arme beschwörend von sich reckte und mit den Augen mahnend von oben herab blickte, als müsste er eine mit ihm in Verzückung geratene Gemeinde zur Besinnung bringen. In dieser Pose verharrte er einen Augenblick. Unter seiner schweißigen Stirn glänzten die Augen vor rauschhafter Verzückung.

„He, He, He, He, He". Bergmann lachte sein dämonisches Lachen. Dann stellte er sich lässig auf den Kies, scheinbar ohne Erinnerung an den eben aufgeführten Tanz. Wie er mit Befriedigung am Kraut rauchte, rann eine Schweißperle seine Wange hinab, die in der Sonne wässrig flimmerte, bis sie im Gestrüpp des Backenbartes versickert war. Er schüttelte weise das feiste Haupt.

„Aber Hauke", begütigte er, „wer wird denn alles mit Ernst beschweren wollen? Ein bisschen mehr Nonchalance, wenn ich bitten darf! Wenn du so weitermachst, wirst du ein richtiger Pedant. Spiel....Spiel und Spontanität, Hauke." Er blickte flüchtig zu Thomas Climacus, als ob er Unterstützung benötigte. Dann drang er weiter auf Julius Schneider ein, der ihm gegenüberstand und ihm ungerührt zuhörte, die Hände unbewegt in den Hosentaschen.

„Das Leben ist ein Spiel, Hauke. Eine Komödie, ja, eine wahrhaft *göttliche Komödie*, He, He, He."

„Das Leben ist ein Kampf", entgegnete Schneider. Bergmann verstummte. Seine wulstigen Lippen schmälerten sich zu einem blutroten Strich. Der rote Backenbart schien wie zwei Flanken brennenden Dickichts um sein Gesicht zu lodern, das musternd auf den Rivalen gerichtet war. Nach einem Moment des Schweigens stapfte er unter kiesspritzenden Schritten aus der Sonne und betrat den Kastanienschatten. Seine Gestalt wurde erneut übersät von den Sprenkeln des tonlosen Lichtspiels, das durch den Blätterwald herabregnete. Eine von Schattenflecken besprengte Hand bot Climacus die glimmende Selbstgedrehte an.

„Nur zu, mon ami. S` is noch was drauf. Und hör endlich auf, vor dich hin zu träumen, du bist ja zu beneiden, He, He, He, He. Steh mir lieber gegen diesen Dämonen der

Unterwelt hier bei!" Er wies auf Julius Schneider, der ungeduldig auf dem Weg stand, als könne er es nicht erwarten, den Friedhof zu verlassen. Climacus entnahm die Selbstgedrehte der wartenden, lichtgescheckten Pranke.

„Er möge an unserem Disput teilnehmen, der schwarzgallige Melancholicus", fuhr Bergmann, an ihn gewandt, fort. „Oder schweigt er lieber in sieben Sprachen? He, He, He, He." Thomas Climacus sah in das bärtige Gesicht, das ihn ironisch angrinste. Lagen die grünen Augen vollständig im Halbdunkel des Hutschattens, so tänzelte über das Schwarz des Kalabresers und des Kordjacketts Lichtflitter um Lichtflitter. In Erwartung einer Antwort hob Bergmann die buschigen Augenbrauen. So wartete er, Augenblick um Augenblick. Dann presste er unwillig die Lippen zusammen und wendete sich unverrichteter Dinge ab. Rasch durchschritt er den Kastanienschatten, überprasselt vom Flitterregen, und blieb am Rand des Kieswegs stehen. Während er in den Taschen seines Jacketts kramte, drückte sich sein roter Stiernacken aus dem engen Kragen hervor. Thomas Climacus rauchte an der Selbstgedrehten, die beinahe auf den Filter abgebrannt war. Der starke Geruch des Krautes umschleierte ihn mit Fäden dünnen Nebels. Er blickte auf die trockene braune Erde neben sich und versank in das lautlos herabregnende Flitterlicht. Schwarzgalliger Melancholicus: eine Tautologie. Der Komödiant begehrt den Schulterschluss. Ein *Busenfreund*, wahrlich. Was musste er Sie auch gestern mit seinem Gerede vertreiben? Ein eifersüchtelnder Komödiant. Warte nur: ein fein geführter Degenstich in die busenfreundische Ferse. Im Blätterwald über ihm frischte ein Windstoß raschelnd auf; unruhevoll flatterten Lichtflitter über den braunen Erdboden. Tonlos tanzende Schattenbilder der raschelnden Blätter über ihm. Er nahm einen Zug von der Gedrehten, der hitzig an seine Lippen glomm. Er richtete sich auf und lehnte sich mit dem Rücken an die Kastanie. Das Blätterrascheln über ihm ebbte ab. Vor ihm, am Rand des Weges, stand Bergmann. Er schnippte den Filter weg. Olivgrüne Augen blickten erwartungsvoll zu ihm. Das Blätterrascheln versank in eine nichtige Stille. Am Erdboden tanzten geräuschlos die Schattenbilder.

„Der ´ehrliche Mensch´", sagte er, an Bergmann gewandt, „eine ´tradictio in adiecto´". Bergmann glotzte ihn an, offenstehenden Mundes. Seine Pranken hatten das Kramen unvermittelt beendet. Sie hingen reglos zu beiden Seiten des Kordjacketts hinunter. An seiner Stirn trieb sich der Schweiß durch die Haut.

„Uff", stöhnte er auf einmal, seine Rechte an die Brust werfend, an die Stelle, wo sein Herz schlug. Er taumelte rückwärts, tödlich verwundet, wie es schien.

„Hilf mir Hauke. Ich bin getroffen!", rief er Julius Schneider zu, auf den er wie in Agonie rücklings zutorkelte. Verblüfft nahm dieser die Hände aus den Taschen und stemmte sich dem massigen Körper des Sterbenden entgegen.

„Was ist denn nun wieder", fragte er, mit seinen sehnigen Armen mühelos Bergmann auf den Beinen haltend.

„Nun beherrsch´ dich mal, wir sind auf einem Friedhof hier." Seine türkisblauen Augen forschten durch den Friedhof, beunruhigt und voll Unmut. Der Leblose in seinen Armen rückte behände den Kalabreser zurecht, der ihm ins Gesicht gerutscht war. Ein trotziges Grinsen umspielte seinen Mund. Er mimte weiter den tödlich Verwundeten und lag schlaff und ermattet in Schneiders Armen.

„Ein philosophisches Gleichnis." Thomas Climacus deutete auf das Pärchen in der Sonne.

„Wie die Vernunft die Leidenschaften beherrscht." Für einen Moment wich der Unmut in Schneiders Gesicht einem Lächeln, das rasch über seine Lippen glitt. Der sterbende Bergmann wurde munter, gleichsam von den Toten auferstanden, und entwand sich dem Griff der Arme. Schneider legte, vom bulligen Körper befreit, seine verrutschte goldene Sonnenbrille auf seinen Stoppelhaaren zurecht. Die Anstrengung hatte ihm einen rötlichen Anstrich auf die Wangen gezeichnet, ganz so, als hätte sie ihm neues Leben eingeimpft.

„Also, was ist nun mit dieser Vernissage?", fragte er, „Gehen wir hin, oder wie? Geraucht habt ihr jetzt ja, oder?" Bergmann sah ihn als Antwort grimmig an. Er stand an seiner Seite, auf dem weißen Kies, und beulte übellaunig seinen Kalabreser aus.

„Oh beim Hunde!", rief er aus, „Alles Planen und Durchdenken. Das ist ja nicht auszuhalten, Hauke! Wir gehen schon früh genug!" Murrig wischte er mit dem Ärmel Schweiß vom feisten Angesicht und fuhr sich durchs verklebtnasse rote Haupthaar, das wie eine Feuersbrunst in die Höhe zu zucken schien. Er stülpte den Kalabreser über und ging einige Schritte zur Seite, den Blick auf den Boden gesenkt.

„Ihr seid mir zwei so Philosophenbrüder: der eine vernünftiger als der andere. Pah!" Als Gestus der Ablehnung spuckte er auf den Kies. Julius Schneider stand breitbeinig auf dem Kies und zuckte flüchtig mit den Achseln. Dann blickte er zu Thomas Climacus, voller Erwarten, als harre er einem Zeichen des Aufbruchs. Unterhalb seines Mundwinkels schien sich die wolkenförmige Narbe ungeduldig zu bewegen und zu verkrampfen. Im Widerspruch zum übrigen Gesicht, das in Ebenmäßigkeit verharrte wie in Blei gegossen.

„Also gut, dann lasst uns eben gehen, ihr Sokratiker, ihr!", bestimmte unvermittelt Robert Bergmann von der Seite. Seine Übellaunigkeit war einer höhnischen Überlegenheit gewichen.

„Vielleicht gibt es Musik und Sekt! Mein Vierspänner steht vor der Kirche. Allora, Andiamo!" In großer Eile brach er auf, mit ungestümen Schritten, die spritzend und knirschend den Kies verdrängten. Wie seine mächtige Gestalt über den Weg wanderte, pulsierte zwischen Kragen und Kalabreser das rote Fleisch seines Stiernackens. Überrumpelt vom Aufbruch folgte Julius Schneider ihm nach, gleichsam wie an einem unsichtbaren Band hinterhergezogen. Unter Kopfschütteln verfolgte er den Vorauseilenden mit raumgreifenden Schritten. Als er Bergmann eingeholt hatte, beugte er sich nach vorn und schien ihn etwas zu fragen. Daraufhin hörte man die Stimme Bergmanns weithin über den Friedhof ertönen: „Aber in der Tat, Hauke, du fährst! Ein Dialektiker am Steuer, was kann uns da noch passieren? He, He, He, He, He." Sein Lachen schoss wie eine triumphierende Gewehrsalve durch die Wege. Im Weitergehen stimmte er einen munteren Singsang an, aus losen Silben und Lauten, der allmählich in ein melodisches Pfeifen überging. Unbekümmert pfiff er ein Liedchen, während er seine Arme beschwingt am Kordjackett herabbaumeln ließ und auf dem Weg flanierte wie das Wohlsein selbst. Thomas Climacus stand im Schatten der Kastanie und sah den Beiden nach, wie sie sich in Richtung Friedhofstor entfernten. Im Innern fühlte er, wie sich seine Empfindungen verdichteten und verfeinerten. Ein feingewebter Schleier legte sich über ihn, der seine Wahrnehmung der Realität verrätselte und verfremdete. Mit der Schulter drückte er sich vom Baumstamm ab und schlenderte, überregnet vom tonlosen Flitterlicht, über die trockenbraune Erde, zum Kiesweg hin. In dem Moment, als er aus dem Schatten der Kastanie trat, blendete ihn jäh das gleißende Sonnenlicht. Er schloss die Augen, für Momente erblindet. Dann öffnete er blinzelnd die Augen, die Hand schützend wie ein Schirm an die Stirn gelegt. Unter den Sohlen spürte er den harten Kies, der in der Sonne weiß erstrahlte. Im Weitergehen senkte er den Blick auf den Kies und stellte sich vor, er könne die Spuren seiner beiden Freunde darin lesen: die ungestümen, tiefen Spuren Bergmanns und die nüchternen, gleichmäßigen Schneiders. Inmitten ihrer imaginären Abdrücke versuchte er, zwischen ihnen zu gehen, und keinen der Abdrücke, weder von Schneider, noch von Bergmann, zu berühren. Schritt um Schritt tastete er sich so voran über den Kiesweg und fand sich einen Weg, der ihn durch die Spuren hindurchführte. Als er ein Stück Weges zurückgelegt hatte, achtsam den Blick zu Boden gesenkt, erhob sich plötzlich die Stimme Bergmanns aus der Entfernung:

„Schwede, Schwede, ick hör dir trapsen. He, He, He, He. In welchem Tagtraum steckst du nun wieder? Gottgütiger! Wie kann es einem nur so fantastisch ergehen? Verdammter Hund, du." Aufmerkend sah er, wie sie am Ende des Kieswegs vor dem Friedhofstor standen. Sie warteten. Wie Fremde stand der eine beim anderen, schweigend, als sprächen sie verschiedene Sprachen. Verloren ohne Übersetzer und Vermittler. Ohne noch auf die imaginären Spuren achtzugeben, ging er auf sie zu. Während sich der Kalabreser geschmeidig vor dem Gitter bewegte, stand Julius Schneider hager und ruhig am Tor, die Hand auf der Klinke. Als er bei ihnen ankam, sah er Bergmann in den Taschen seines Jacketts kramen. Unter vorgetäuscht angestrengter Mimik zog er sein silbernes Zigarettenetui hervor. Er entnahm eine Zigarette aus dem Etui und steckte sie zwischen die feuchtroten Lippen. Er schob das Etui zurück und posierte, die Zigarette anzündend, vor dem Friedhofstor.

„Willste auch eine, Gevatter?", fragte er, die Zigarette in der Hand deutend angehoben.

„Nein." Während Bergmann die Zigarette zum Mund führte, schien er im Geiste innezuhalten, von der Antwort berührt. Über sein verschwitztes Gesicht huschte ein Befremden, das in seinen Augen hintergründig flackerte. Für einen Augenblick blieb er stumm und rauchte in Gedanken versunken. Dann erschien eine wissende Gutmütigkeit in seinem vom Hutschatten halbierten Gesicht, als wäre ihm aus dem Nichts eine Idee oder eine Erkenntnis zugeflogen. Mit einem aufgesetzten Lächeln hob er huldigend die Arme in die Höhe:

„Aah, ist das heute nicht ein herrlicher Tag?", leitete er ein, „was für ein fantastisches Wetter, sieh es dir an: wie gemalt! Warum sich da wegen irgendeiner Kleinigkeit die Laune vermiesen lassen?" Seine Arme verweilten in der Höhe, während das gerötete Gesicht den Blick hinan zum wolkenfreien Himmel richtete.

„Ach übrigens, mein Lieber", fuhr er wie nebenbei fort, „du bist mir doch nicht noch sauer wegen gestern, oder?" Scheinbar unaufgeregt wandte er sich um, die Arme aus der Huldigung zurücknehmend, und sah ihn familiär an. Dann brach in den familiären Blick unversehens ein dämonisches Grinsen ein, das überheblich und voller Heimtücke aus dem Halbschatten hervorfunkelte:

„Gottgütiger!", rief er aus, „das ist ja schlimmer als ich dachte. Alte Liebe rostet nicht, wa? Wie wahr, wie wahr. Nun komm aber, du wirst sie mal wieder treffen, deine *spröde Schöne*. He, He, He, He, He." Mit einer Pranke schlug ihm Bergmann ermunternd auf die Schulter.

„Nun lasst uns endlich gehen, das könnt ihr unterwegs besprechen", drängte Julius Schneider. Er stand vor dem Gittertor, die Hand auf der Klinke, und wollte aufbrechen.

„Also, gehen wir", bestimmte er. Er schob das Tor quietschend auf und verließ den Friedhof. Während er nach rechts bog, beobachtete er unruhig die Eingangspforten der Kirche. Dann entschwand er aus dem Gesichtsfeld mit geraden, beherrschten Schritten.

Robert Bergmann stand vor dem halboffenen Friedhofstor und schaute gerührt hinan zum reinen Azurhimmel, die Zigarette in der Rechten.

„Aah, sieh es dir an, alter Schwede, sieh es dir an: dieses fantastische Wetter. Was muss das heute für ein glorreicher Tag werden!" Auf seinen Augen lag ein verklärter Glanz, während sein fleischiges Gesicht in die Weite sah.

„So. Und jetzt genehmigen wir uns ein klitzekleines Gläschen Sekt, wa? He, He, He. Eamus, Amice!" Mit Schwung brach er auf, das backenbärtige Angesicht voll Vorfreude. Er wuchtete das Tor auf und folgte Julius Schneider.

„Ahoi, Hauke, du Blindfisch", rief er ihm zu, eine fuchtelnde Pranke in der Höhe, „haste meinen Vierspänner noch nicht ausfindig gemacht? Da, dort hinten steht er doch!" Er entschwand aus dem Gesichtsfeld mit raschen, ungelenken Schritten.

Thomas Climacus stand allein vor dem offenen Friedhofstor und lauschte den sich entfernenden Schritten. Vor ihm, dem Friedhofstor gegenüber, ragte die Kirche auf. Ihre Gemäuer erstrahlten in der hellen Sonne in reinstem

Weiß. Er passierte das Tor und blieb nahe der Kirche stehen: Er lauschte dem Gottesdienst, der im Innern zelebriert wurde. Dann wandte er sich ab und folgte ihnen.